CATALOGUE

(N° 55)

ESTAMPES

DE

L'ÉCOLE FRANÇAISE DU XVIIIᵉ SIÈCLE

EN NOIR ET EN COULEUR

ORNEMENTS

Environ 300 Volumes de Musique

ET

DESSINS

DONT LA VENTE AUX ENCHÈRES PUBLIQUES AURA LIEU

HOTEL DES COMMISSAIRES-PRISEURS, RUE DROUOT, N° 9

SALLE N° 4

Le Jeudi 11 Mars 1886

A DEUX HEURES PRÉCISES

Mᵉ MAURICE DELESTRE
COMMISSAIRE-PRISEUR
27, Rue Drouot.

M. DUPONT AINÉ
MARCHAND D'ESTAMPES
Rue de Seine, 21.

PARIS — 1886

CATALOGUE

(N° 55)

ESTAMPES

DE

L'ÉCOLE FRANÇAISE DU XVIIIe SIÈCLE

EN NOIR ET EN COULEUR

ORNEMENTS

Environ 300 Volumes de Musique

ET

DESSINS

DONT LA VENTE AUX ENCHÈRES PUBLIQUES AURA LIEU

HOTEL DES COMMISSAIRES-PRISEURS, RUE DROUOT, N° 9

SALLE N° 4

Le Jeudi 11 Mars 1886

A DEUX HEURES PRÉCISES

Par le ministère de Me **MAURICE DELESTRE**, Commissaire-Priseur,
27, rue Drouot, 27.

Assisté de **M. DUPONT AINÉ**, Marchand d'Estampes, rue de Seine, 21.

PARIS — 1886

CONDITIONS DE LA VENTE

Elle sera faite au comptant.

Les Acquéreurs payeront CINQ POUR CENT en sus des enchères, applicables aux frais.

Pour les Dessins, nous avons suivi les attributions de l'Amateur.

L'ordre du Catalogue sera suivi, à l'exception du numéro 158, *Musique*, qui ne sera vendu qu'à la fin de la vente.

DÉSIGNATION

ESTAMPES

AUBRY

1 — Le Mariage rompu, par de Launay.

    Très belle épreuve.

BARTOLOZZI ET NUTTER

2 — A Lecture on gadding ; — The Moralist, d'après Smith.

    Deux pièces, très belles épreuves en couleur. Encadrées.

BAUDOUIN

3 — Les Amours champêtres ; — Les Amants surpris, par Choffard.

    Deux pièces, belles épreuves.

4 — L'Enlèvement nocturne, par Ponce.

    Très belle épreuve.

5 — L'Epouse indiscrète, par de Launay.

    Très belle épreuve.

6 — Rose et Colas, par Simonet.

    Très belle épreuve.

BEAUVARLET

7 — Offrande à Cérès ; — Offrande à Vénus, d'après Vien.

    Deux pièces, très belles épreuves.

BELJAMBE (P.)

8 — Coucou, d'après Leroy.
Belle épreuve.

BERNARD (J.)

9 — Le Joyeux Flamand, d'après Téniers ; — Bénédicité de l'enfant, d'après Jean Steen.
Deux pièces, toute marge.

BOILLY (L.)

10 — La Leçon d'union conjugale, par Petit. — L'Optique, par Cazenave.
Deux pièces, très belles épreuves.

11 — Première scène de voleurs.
Très belle épreuve.

BONNET

12 — Le Premier pas à la fortune, d'après Du Bois de Sainte-Marie.
Belle épreuve en couleur.

BOREL

13 — J'y passerai, par R. de Launay.
Belle épreuve, toute marge.

BOSIO

14 — Le Lever et le Coucher des ouvrières en linge.
Deux pièces coloriées, belles épreuves.

BOUCHER

15 — Les Bacchantes endormies, par R. Gaillard.
Très belle épreuve.

16 — Le Moineau apprivoisé, par R. Gaillard.
Superbe épreuve, toute marge.

17 — La Pêche, par Beauvarlet.
Belle épreuve avant toutes lettres, collée.

BOUCHER

18 — Baigneuses, par Demarteau.
> Très belle épreuve à la sanguine.

19 — Jupiter et Calisto; — Pan et Syrinx; — Sylvie délivrée par Aminte, par Gaillard et Martenasie.
> Trois pièces, belles épreuves.

20 — Le Mouton favori; — Les Amours pastorales; — Les Enfants du fermier; — Le Pêcheur; — Les Grâces au bain.
> Cinq pièces, belles épreuves.

BLANCHARD (J.)

21 — Angélique et Médor, par Voyez l'aîné.
> Très belle épreuve avant la lettre.

CARESME

22 — Le Colin-Maillard; — Danse flamande, par Legrand.
> Deux pièces à la sanguine.

CARMONTELLE

23 — La Malheureuse famille Calas, par Delafosse.
> Très belle épreuve.

CHARDIN

24 — Les Amusements de la vie privée, par Surugue.
> Très belle épreuve.

25 — L'Économe, par Le Bas.
> Belle épreuve.

COLIBERT

26 — L'Amour couronne la Beauté qui lui sourit.
> Belle épreuve, grandes marges.

COYPEL (Cn.)

27 — Thalie chassée par la Peinture, par Lépicié.
> Très belle épreuve, toute marge.

COYPEL (Ant.)

28 — Vénus sur les eaux; — Triomphe de Galatée; — Alcide
vainqueur de l'Envie; — Renaud et Armide.

Quatre pièces, très belles épreuves.

CRUIKSHANK

29 — Life in Paris.

Suite de vingt pièces et un frontispice, en couleur.

DARCIS

30 — Les Merveilleuses; — L'Inconvénient des perruques; —
L'Anglomane, d'après Carle Vernet.

Trois pièces, très belles épreuves.

DAULLÉ (J.)

31 — Mme Favart, en pied, rôle de *Bastienne*, d'après Van
Loo.

Très belle épreuve, marge.

DEBUCOURT

32 — Route de Poissy; — Route de Saint-Cloud, d'après
Carle Vernet.

Deux pièces en couleur, toute marge.

33 — Le Colin-Maillard, d'après Wilkie. — La Main chaude.

Deux pièces, belles épreuves encadrées.

DESCOURTIS

34 — Histoire de Paul et Virginie, d'après Shall.

Suite de six pièces en couleur, belles épreuves.

DROYER

35 — Le Bosquet dangereux.

Belle épreuve. Encadrée.

EISEN Père

36 — L'Ingratitude, par Halbou.

Belle épreuve.

EISEN (Ch.)

37 — La Vertu sous la garde de la Fidélité; — Les Désirs satisfaits, par Le Beau et Patas.

> Deux pièces avant la lettre.

38 — La Comète, par Le Bas; — Le Bouquet, par Gaillard.

> Deux pièces, très belles épreuves.

FRAGONARD (H.)

39 — Le Baiser, par Marchand.

> Belle épreuve.

40 — Dites donc s'il vous plaît, par De Launay.

> Très belle épreuve.

41 — La même estampe.

> Très belle épreuve.

GÉRARD (Mlle)

42 — Je les relis avec plaisir, par Vidal. — La Leçon, par H. Gérard.

> Deux pièces, belles épreuves en couleur.

GIRARDET

43 — Pacte fédératif des Français le 14 juillet 1790; — Vue du Champ de Mars le 14 juillet; — Service funèbre pour les patriotes morts à Nancy le 31 août 1790.

> Trois pièces, toute marge.

GREUZE

44 — L'Offrande à l'Amour, par Macret.

> Belle épreuve, toute marge.

45 — La Savonneuse, par Danzel.

> Très belle épreuve.

46 — Le Préjugé de l'enfance, par F. Charpentier.

> Belle épreuve en couleur. Rare.

GUYOT

47 — Le Temple de la Philosophie, d'après Pernet.
Belle épreuve en couleur, toute marge.

HAMILTON (W.)

48 — Caroline de Lichtfield, par Jones et Robertson.
Deux pièces, belles épreuves.

49 — Scènes tirées de *Shakspeare*, par P. Simon.
Deux pièces, très belles épreuves.

HEILLMANN

50 — Le Bon exemple, par Chevillet.
Très belle épreuve avant la lettre, marge.

HUET (J.-B.)

51 — L'Amour offrant des présents à Ariane; — Offrande
présentée par l'Amour à la Fidélité, par Bonnet.
Deux pièces, belles épreuves en couleur.

52 — L'Amour dévoile les yeux de l'Innocence; — L'Innocence
reçoit de l'Amour deux colombes, par Wolf.
Deux pièces en bistre, très belles épreuves.

53 — Le Mariage; — Le Célibat, par Clément et Maradan.
Deux pièces en couleur, toute marge.

54 — Études d'animaux, par Bonnet.
Deux pièces en couleur.

JANINET

55 — Neuvième cahier de principes de Dessin, par Le Clerc.
Six pièces à la sanguine.

JAZET

56 — La Vie champêtre; — La Galanterie villageoise; — La
Femme y voit trop; — Le Mari n'y voit pas; — L'Utile et
l'agréable.
Cinq pièces en couleur, belles épreuves.

JAZET

57 — Les Petits bourgeois parisiens en partie de campagne,
d'après Cœuré.

> Belle épreuve en couleur, toute marge.

58 — Le Marché aux chevaux, d'après H. Lecomte.
> Belle épreuve.

JULIEN (J.-L.)

59 — Le Riche du jour ou le Prêteur sur gages ; — Pauvre
rentier ruiné.

> Deux pièees, très belles épreuves.

KEATING (G.)

60 — Recruit deserted ; — Deserter pardon'd, d'après J. Morland.

> Deux pièces, très belles épreuves, toute marge.

KESSLER (A.)

61 — The Death of major Pierson, d'après J. Singleton
Copley.

> Très belle épreuve, toute marge.

LANCRET

62 — Le Faucon, conte de La Fontaine, d'après de Larmessin.

> Très belle épreuve avant l'adresse de Buldet.

63 — L'Adolescence : — La Jeunesse, par de Larmessin.
> Deux pièces, belles épreuves.

64 — Le Printemps ; — L'Hyver, par de Larmessin.
> Deux pièces, très belles épreuves, toute marge.

LAVREINCE

65 — L'Heureux moment, par de Launay.
> Très belle épreuve.

LAVREINCE

66 — L'Innocence en danger, par Caquet.

Très belle épreuve, marge. Avec une déchirure.

67 — Le Concert agréable, par Varin.

Très belle épreuve, toute marge.

68 — Le Contretemps, par Dequevauviller.

Belle épreuve, tachée.

LEBRUN (Mme VIGÉE)

69 — Mgr le dauphin et Madame, fille du roi, par Maurice Blot.

Belle épreuve. Encadrée.

LE CLERC

70 — L'Abbé en conqueste.

Très belle épreuve.

LE CLERC ET WATTEAU FILS

71 — Costumes de femmes.

Huit pièces, belles épreuves.

LE CŒUR

72 — La Visite au grand-père, d'après Smith.

Très belle épreuve en couleur.

LEGRAND (AUG.)

73 — Le Bât, conte de Lafontaine.

Belle épreuve en couleur.

LE PRINCE

74 — La Leçon inutile, par Helman.

Belle épreuve, toute marge.

75 — La Discuse de bonne aventure russienne; — Le Nécromancien, par Gaillard et Helman.

Deux pièces, belles épreuves, toute marge.

LONGUEIL (DE)

76 — Le Retour à la vertu.

Superbe épreuve en couleur, marge.

77 — Les Amusements champêtres, d'après Eisen.

Très belle épreuve, toute marge.

MARIN (L.)

78 — Les Regrets inutiles, d'après Bonlieu.

Belle épreuve en couleur.

79 — The Welcome necos, d'après Le Prince.

Belle épreuve en couleur.

MASSÉ (J.-B.)

80 — Antoine Coypel, d'après lui-même.

Très belle épreuve. Toute marge.

MARTINET (Chez)

81 — Le Tableau à la mode ou la Quittance mutuelle.

Très belle épreuve, marge.

MONNET

82 — Les Baigneuses surprises, par Vidal.

Très belle épreuve avant la lettre et avant les changements, marge.

MORET

83 — L'Escamoteur ; — La Diseuse de bonne aventure, d'après Pasquier.

Deux pièces, très belles épreuves en couleur.

ORNEMENTS

84 — Trophées, devises, cartouches, orfèvrerie, par Blondel, Forty et autres.

Vingt pièces.

85 — Meubles, d'après Boucher et autres.

Douze pièces.

ORNEMENTS

86 — Première suite de vases, par F. Brard.
    Cahier de six pièces.

87 — Arabesques, panneaux, vases, par Cauvel.
    Vingt pièces.

88 — Gaines, cheminées, poëles et piédestaux, par Delafosse.
    Neuf pièces.

89 — Trophées, par Delafosse.
    Quarante-quatre pièces.

90 — Attributs, pyramides, tombeaux, etc., par Delafosse.
    Trente pièces.

91 — Grilles, balcons, rampes d'escaliers, par Deneulforge.
    Sept pièces.

92 — Cheminées, plafonds, vases, par Le Pautre.
    Quatorze pièces.

93 — Attributs, trophées et groupes de fleurs, par Ranson.
    Dix pièces, belles épreuves.

94 — Trophées et arabesques, par Ranson.
    Cahier de neuf pièces.

95 — Pièces d'un parterre de grande broderie.
    Cahier de six pièces.

96 — Broderie, joaillerie.
    Dix pièces.

97 — Menuiserie en meubles, panneaux, portes d'apparte-
ment, etc.
    Trente-cinq pièces.

98 — Arabesques, frises, plafonds, vases, fontaines.
    Soixante-quatre pièces.

PHÉLIPPEAUX

99 — Le Jaloux en défaut; — L'Epouse infidèle.
    Deux pièces, belles épreuves.

PIERRE (J.-B.-M.)

100 — Léda; — Endymion, par N. De Launay.

Deux pièces, très belles épreuves, toute marge.

PRUD'HON

101 — Le Cruel rit des pleurs qu'il fait verser, par Copia.

Très belle épreuve.

REGNAULT (N.-F.)

102 -- Ah! s'il s'éveillait!

Très belle épreuve, avec la première adresse.

RIGAUD (J.)

103 — Vues de Paris.

Treize pièces, très belles épreuves.

RUGENDAS

104 — Sujets de chasse.

Quatre pièces, belles épreuves, toute marge.

SAINT-AUBIN (Aug. de)

105 — Joseph Pellerin, entouré de médailles, in-fol.

Très belle épreuve.

SAUGRAIN (Él.)

106 — Vue du pont de Neuilly; — Vue du château de Vin-cennes, d'après L.-G. Moreau.

Deux pièces, très belles épreuves.

SCHENKER

107 — Fanchon la Vielleuse, d'après De La Place.

Belle épreuve.

SERGENT et GAUTIER

108 — L'Heureux ménage, d'après Aug. de Saint-Aubin.

Belle épreuve en couleur.

SHALL

109 — Le Panier renversé, par Et. Beisson.

Très belle épreuve en couleur.

110 — La Conviction, par Marchand.

Très belle épreuve.

111 — Le Modèle disposé, par Chaponnier.

Belle épreuve.

112 — L'Amour est plus à craindre que l'épine; — L'Amitié la console, par Ruotte.

Deux pièces, belles épreuves en couleur.

SIMON (P.)

113 — Credulous lady and astrologer, d'après Smith.

Très belle épreuve en couleur. Encadrée.

STRANGE

114 — Vénus et les Grâces, d'après Le Guide.

Très belle épreuve.

VAN DEN BERGHE

115 — Cottagers returnd, d'après Wheatley.

Belle épreuve en couleur.

VANGORP

116 — C'est papa !, par De Launay.

Très belle épreuve.

VERNET (Joseph)

117 — La ville et la rade de Toulon; — Le port d'Antibes en Provence, par Cochin et Le Bas.

Deux pièces, belles épreuves.

118 — Marines.

Huit pièces, très belles épreuves.

VIGNETTES

119 — Suite de trente-huit figures, dont un portrait d'après Moreau le jeune et Le Barbier, pour les *œuvres* de Rousseau. In-4°.

   Belles épreuves, marge.

120 — Figures de Freudeberg, pour l'*Heptaméron*.

   Soixante-sept pièces, belles épreuves.

121 — Figures de Moreau le jeune, pour l'*Histoire de France*.

   Onze pièces à l'état d'eau-forte.

122 — Figures de Moreau le jeune, pour le *Nouveau Testament*.

   Treize pièces à l'eau-forte pure.

123 — Vignettes diverses, anciennes et modernes.

   Cent huit pièces.

VILLENEUVE

124 — Réception de Louis Capet aux enfers.

   Belle épreuve. Rare.

VOYEZ LE JEUNE

125 — L'Amant regretté, d'après Davesne.

   Belle épreuve, grandes marges.

WARD (W.)

126 — Outside of a country alehouse; — Inside of a country alehouse.

   Deux pièces, très belles épreuves en couleur.

127 — Children throwing snow balls, d'après Paye.

   Belle épreuve.

128 — The Kite entangled, d'après G. Morland.

   Très belle épreuve.

WATSON (Th.)

129 — A lady and her children, d'après Gardner.

   Très belle épreuve, toute marge.

WATTEAU (Ant.)

130 — Fêtes vénitiennes, par Laurent Cars.
Très belle épreuve.

131 — L'Eté ; — L'Automne ; — L'hyver, par Audran et Fessard.
Trois pièces, très belles épreuves.

WEST (B.)

132 — La Bataille de la Hogue, par De Launay.
Belle épreuve, toute marge.

WILLE (J -G.)

133 — Les Délices maternelles, d'après Wille fils.
Belle épreuve.

134 — Petit Waux-Hall.
Belle épreuve.

WOUVERMANS

135 — Sujets militaires.
Huit pièces, très belles épreuves.

GRAVURES DIVERSES

136 — La Petite espiègle. — Les Regrets inutiles.
Deux petites pièces rondes en couleur, belles épreuves.

137 — Coiffures de diverses époques, tirées d'un almanach.
Huit sujets sur deux feuilles.

138 — Représentation des élections des membres du Parlement pour Westminter, en 1820, par Scharf.
Belle épreuve en couleur.

139 — La Retirade des Français, 1796.
Belle épreuve coloriée.

140 — Gravures d'après Lemoine, Jeaurat, Natoire, Van Loo, etc.
Treize pièces, très belles épreuves.

GRAVURES DIVERSES

141 — Gravures de l'Ecole française du dix-huitième siècle.
Trente-quatre pièces, plusieurs avant la lettre.

142 — Portraits et sujets sur Louis XVI et la Révolution.
Quinze pièces en noir et coloriées.

143 — Caricatures politiques et autres.
Vingt et une pièces coloriées.

144 — Les Musiciens ambulants ; — Le Concert de famille, par
Wille ; — La Hollandaise à son clavecin, par M. Boizot.
Trois pièces, belles épreuves, toute marge

145 — Paysages et vues d'après Berghem, Cuyp, Diétricy.
Hackert, Téniers, etc.
Vingt-deux pièces, très belles épreuves.

146 — Estampes anciennes gravées à l'aquatinte.
Huit pièces.

147 — Vue d'une Baraque, par Henri Monnier.
Belle épreuve coloriée.

148 — Les Artistes par Gavarni ; — Galerie physionomique,
par Traviès.
Onze pièces coloriées.

149 — Les Fleurs animées, par Grandville.
Quarante-huit pièces coloriées.

150 — Sujets tirés du journal *La Caricature*, par Grandville.
Quatre pièces coloriées.

151 — Portraits de personnages anglais, par Houbraken, in-
fol.
Seize pièces.

152 — Vues de Vienne en Autriche.
Cinq pièces coloriées.

153 — Choix de pierres gravées du Cabinet impérial des
antiques, représentées en 40 planches, par M. l'abbé
Eckel. Vienne, 1798.
1 vol. in-fol. cart. n. rogn. (Manque une planche.)

GRAVURES DIVERSES

154 — *Dessins* anciens, la plupart du dix-huitième siècle.
Treize pièces à l'encre de Chine et à l'aquarelle.

155 — Costumes suisses.
Cinq jolis dessins à la pierre noire, attribués à Freudeberg.

156 — Aquarelles et dessins modernes.
Treize pièces.

157 — Sous ce numéro, seront vendues plusieurs lots de gravures en feuilles et encadrées.

MUSIQUE

158 — Environ 300 partitions, sonates et pièces diverses, pour piano, violon, flûte, etc., par tous les plus grands maîtres : Mozart, Rossini, Boieldieu, Weber, Beethoven, Donizetti, Haydn, Méhul, Kreutzer, Mendelsohn, Offenbach, etc., etc.
Plusieurs lots.

SUPPLÉMENT

ESTAMPES

ALLAIS

159 — Faune et bacchantes.

Très belle épreuve en couleur, avant toutes lettres.

BART (N.)

160 — Frère Luce, conte de La Fontaine.

Belle épreuve, toute marge. Rare.

BARTOLOZZI

161 — Portrait de Cipriani, en pied.

Belle épreuve, en bistre.

BAUDOUIN

162 — Le Coucher de la Mariée, par Moreau le jeune et Simonet.

Très belle épreuve. Encadrée.

163 — Le Modèle honnête, par Moreau le jeune et Simonet.

Belle épreuve.

CALLOT

164 — La Passion.

Suite de douze pièces, belles épreuves.

COCHIN (C.-N.)

165 — Silvie délivrée par Aminte, par Martini.

Belle épreuve.

DUGOURE

166 — L'Amour triomphant.
Belle épreuve.

FRAGONARD (H.)

167 — Ma chemise brûle ! par Legrand.
Belle épreuve en couleur.

HUET (J.-B.)

168 — L'accord maternel, par Bonnet.
Belle épreuve en couleur.

LEGRAND (Chez)

169 — L'Education du chevalier de Faublas.
Très belle épreuve.

LEVILLY

170 — What you will ; — A Widow.
Deux pièces, très belles épreuves.

MOREAU LE JEUNE

171 — Jeune femme entrant au bain, par N. Thomas.
Épreuve avant la lettre, toute marge.

NAUDET (Chez)

172 — La Désolation des Filles de joie.
Petite pièce gravée à l'eau-forte. Rare.

PETIT

173 — L'Après-diné (Portrait de Mlle Sallé), d'après Fenouil.
Belle épreuve.

VIGNETTES

174 — Collection de 33 figures, 2 fleurons et 3 portraits pour
les œuvres de Molière, gravées par T. de Marc, d'après
Boucher.
Bel exemplaire, en livraisons.

VIGNETTES

175 — Suite de huit figures de Moreau le jeune, et un portrait pour *Psyché*, in-12.

> Belles épreuves, toute marge.

176 — Vignettes diverses, d'après Saint-Quentin, Le Barbier, Eisen, Duplessis-Bertaux, etc.

> Vingt-huit pièces, plusieurs avant la lettre.

GRAVURES DIVERSES

177 — Sujets, d'après Le Prince, Bounieu, Boizot, Cazes et Le Barbier.

> Cinq pièces, dont quatre en couleur.

178 — Vues de Champagne et de Bourgogne, par Israël Silvestre.

> Dix pièces, très belles épreuves.

179 — Portraits par Saint-Aubin, Le Beau, Fiésinger, etc.

> Quatorze pièces.

180 — Vues, paysages et sujets.

> Douze pièces.

DESSINS

BLOÉMART (Abr.)

181 — La Mort de Marie Madeleine.

> Beau dessin à la plume lavé de bistre.

COCHIN (C.-N.)

182 — Vignettes pour la *Jérusalem délivrée;* — *Télémaque;* — *L'Iliade;* — Les *Fables de l'abbé Le Monnier.*

> Quatre croquis au crayon noir.

CORTONE (P. de)

183 — Sujets pour l'orfèvrerie et l'ornement.

> Vingt dessins à la plume et à l'encre de Chine.

DURER (Attribué à)

184 — Saint Jean prêchant.

> Beau dessin à la plume.

ÉCOLE ALLEMANDE

185 — Portrait d'un religieux.

> Beau dessin à la plume rehaussé de blanc sur papier teinté.

186 — Tête de Christ; — Mater Dolorosa.

> Deux beaux dessins à la plume, lavés d'aquarelle.

ÉCOLE FRANÇAISE

187 — Des Amours soutenant une guirlande de fleurs.

> Joli dessin à la pierre noire et à la sanguine.

ÉCOLE ITALIENNE

188 — Intérieur d'une prison.

> Beau dessin à la gouache.

FRAGONARD (H.)

189 — Scènes de *Roland furieux*.

> Deux dessins à la pierre noire, lavés de sépia.

190 — La Culbute.

> Joli dessin à la plume, lavé d'encre de Chine.

FREUDEBERG

191 — La Dentelière.

> Beau dessin au crayon noir, lavé de sépia.

192 — Jeune femme, en buste, de profil; — Jeune homme assis dans un paysage.

> Deux beaux dessins à la sanguine.

GÉRARD (Attribué à)

193 — Psyché et l'Amour.

> Joli dessin à l'encre de Chine. On y a joint la gravure.

LEGRAND

194 — Apothéose de l'amiral Brueys.

Beau dessin aux trois crayons.

LÉLU (P.)

195 — Sainte Famille.

Beau dessin à la plume lavé de sépia,

NATTIER

196 — Jeune dame et sa fille.

Très joli dessin aux crayons noir et blanc, sur papier bleu.

PARMESAN (Le)

197 — Tête de jeune fille.

Très beau dessin aux trois crayons.

SAINT-AUBIN (Gabriel de)

198 — Promeneurs dans un parc.

Très joli dessin à la mine de plomb et à la plume.

199 — Paysages, études de figures, par Salvator Rosa, Le Corrège, Blanchard, etc.

Sept dessins à l'encre de Chine et à la sanguine.

200 — Dessins divers.

Seize pièces.

Paris. — Typ. PILLET et DUMOULIN, 5, rue des Grands-Augustins.